KB260244

# 왼손잡이의 환희

늘 주님과 기쁘게 하나님의 은혜 가운데 거하시길 바라며……

WJ & WG !
(With Jesus, With Joy & With God, With Grace !)

# 시인의 말


난 시인이 아니란 걸 시인한다
그렇지만 낙서 같은 나의 글들을 과감하게 여기 한데 묶는다
이 책은 엄밀히 따지면 1.5집쯤 된다(출판에 앞서 동네 인쇄소에서
300부 찍음!)


시를 쓰면서
내 안에 감춰진 나(또 다른 나)를 발견하는 것 같아 기뻤다
가끔은 즐거웠지만, 대부분은 암울했던 것 같다


시집을 내면서
物心兩面 도와주신 많은 이들, 그들의 사랑에 감사하지 않을 수
없다
이 세상에는 아직 사랑이 살아 있다는 것을, 그분이 여전히 살아
계심을 다시금 깨닫는다


상투적일는지는 몰라도 아버지와 어머니, 그리고 형에게
고맙다는 말을 해야겠지? 특히,
내게 있어서 어머니는 산소($O_2$)와도 같은데, 늘 잊고 사는 나 자
신이 한심스러울 뿐이다

부족한 날 끊임없이 격려하고 지지해 준 조은영 누나
시 같지도 않은 내 글들을 읽고서, 흔쾌히 시평을 써 준 이재현 형님
내 안에 있는 발전, 변화의 가능성을 믿으며 시집 출간을 간곡히 말린 이재향 누님

멋진 사진 찍어준 좋은 동기 조세영, 기본 틀을 잡아주느라 고생하신 고희정 선생님
시집 출간에 있어서 징검다리가 되어주신 김상미 누님
편집을 도와주신 장상태 선생님, 김용원 님

끝으로, 이 시집이 나올 수 있도록 애써 준 선영사에 감사의 말을 전한다

사람이라면 모름지기 진지해야 한다
밥은 먹어야 사니까.

2002년 9월
오 지 훈

차례

### 3부 나,……083



### 4부 無……115

1부

# 詩 냇가에

# 시 작 이 반 이 다 !

어떤 이들은
내 시를 읽고
이건 시가 아니라고 말하지

온갖 조소와 비웃음

그래, 내가 쓰는 건
시가 아닌 말장난일지도

그러나
그게 대체 무슨 상관이란 말인가!

나는
詩作二班 이 다
시 잘 쓰는
詩作一班 이 아니란 말이다!

시 작 이 반 이 기
때문에
난 오늘도 머리를 짜내어
詩始한 글을 쓴다

# 가을 모기

점점 추워지는 날씨
하루살이도 아닌데
사는 게 버겁다

힘 빠진 날개 짓
입술은 부르트고
전처럼 잘 빨리지 않아

내 형제, 내 종족들
살아 있다는 게 뭐이냐며
온몸으로 질문 던지며
하나 둘 죽어 간다

더러는 맞아 죽고
더러는 추워 죽고
더러워서 나머진 죽는다

그러나 난 살아야 해
날개 짓, 할 수 있는 한
나는 살아야 해

삶의 의밀 못 찾고
자살하는 인간들
이해 못 할 내 밥들

삶의 의미가
대체 무슨 소용인가!

살아야 한다는 것
고거이 내 사는 유일한 이유
날개 짓거릴 할 수 있는 한

나는 살아야만 해
피를 빨 힘이 있는 한
날개 짓, 할 수 있는 한

난 살아야 해

# 적 자 생 존

다리 긴
파리
날리다

거미줄
어리석게
걸리다

그놈의 긴
다리
잘리다

쪽(足)
팔리다

비참히
거미에게
먹히다

# 지하철에서 7

아침 출근 길
땅 아래 정글 숲
이리 밀리고 저리 밀리는
밀林 속에서
인상을 쓰고 있는
피곤한 영혼들

그 숲은
생존을 위한 투쟁이 시작되는
첫 몸부林

살아남기 위해
진짜 몸부림에 가기 위해
오늘도
땅 아래 정글 숲을
용기 내어 지난다

# 시 집

2001년 12월 10일 월요일
저녁 6시 30분
이상하게도
한산한
지하철 5호선

내 맞은편 자리에선
한 아줌마가
열심히 뜨개질을 한다
목도리를 뜨는데
보고 있으려니
내 목이 절로 따뜻해져 온다

그 옆에 쪼르륵
앉아서 졸고 있는
처녀 다섯 명
갑자기 저들은
언제 시집갈까라는 생각이 든다

그러고 보니
난 지금 시집을 읽고 있다
천상병의 시집을
아마, 시집을 읽고 있어서
남들 시집가는 데 관심 갔나 보다

천상병의 시들은
쉽게 읽힌다
나도 그렇게 단순하면서도
따뜻한 시를 써봤으면

2001년 12월 10일 월요일
저녁 6시 33분
여전히
한산한
지하철 5호선

# 겨 울 낚 詩

후우, 좀처럼 시상이
떠오르지 않는다

이럴 땐
꽁꽁 얼어붙은 내 머릴
사정없이 깨뜨려

가만히
낚싯대를 드리우고
그저 기다릴 수밖에

미끼가 시원찮은지
오늘 하루도
월척은 글렀다

좋은 단어 한 마리 낚아
맛있게 요리하고픈
소박한 욕심만이

슬슬 속을 긁으며
내 미낄 비웃는 듯
유유히 헤엄쳐 간다

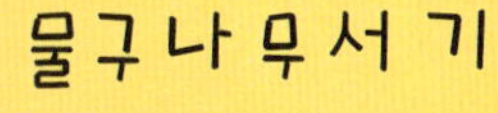

# 물구나무서기

시를 써보련다
거꾸로
한 번쯤은
나는
아이가 된다면
어른이
여자로 바뀌고
남자가
달로 변하고
태양이
땅과 뒤집혀
하늘이

# 환 타 지

그녀와 '반지의 제왕'을 봤어
정말 괜찮은 영화였지
그 영화를 보고 나서 나도 한 번
그렇게 한눈에 알 수 있도록 환타지 세계를 詩로써
표현하고 싶다는 생각을 했어
그래서 독자로 하여금 시적 상상이 더 이상 불필요한,
상상력이 완전히 마비될 만큼
자라나는 청소년들의 시적 감성에 큰 해악을 끼칠 수 있는
19세 미만 구독 불가인 환타지 시를 한 번 써보려고 해
환타지 문학에 절대 빠질 수 없는 등장 인물, 용(龍)!
시적 완성도를 높이기 위해선 적어도 용 세 마리 등장해야지
상상이 도저히 안 되는 兄용할 수 없는 용, 아우 龍
읽는 독자들이 정말로 水용할 수 없는 용, 절대 불 못 뿜는 불
(火/不) 龍
끝으로 이 詩는 환타지 세계를 정확히 그린 거라고 팍팍 우겨
댈 수 있는, 바로 시적 허龍


덧붙여, 그 시를 읽으며 함께 곁들여 마셔야 하는 건 콜 라 가
아니라 당연 환 타 지!

# 신  촌

난 신촌에 산다
신촌에 산 지 어언 15년째

신촌은 느을 새롭다
그래서
新 촌이다

늘 북적대는 사람들
싱싱한 기운
그리고 빠른 유행들

지하철 노선에
표기된 영문
"Sinchon"

신촌은 느을 씬하다
그래서
Sin 촌이다

다양한 향락 산업
편리한 소비 문화
그리고 뒷골목 모텔들

그래서 그런지
아이러니하게도
종교 단체도 꽤 많다

교회들, 사찰들
몰몬교, 대순진리회 기타 등등

느을 새로운
느을 씬하는

신 촌!

내가 이런 신촌을
좋아하는 건

살다보니 정들어서…

그리고
새로운 쾌락을 쫓는
죄악된 나의 본성 때문

주여, 신촌을 굽어 살피소서
부디 죄가 넘치는 곳에
당신의 은혜를!

그래서
당신의 땅
神 촌이 되게 하소서

믿을 수 있는
信 촌이 되게 하소서

22

# 우리는 하나님

때로 우리는
쉽사리
하나님이 된다

질투하고, 분노하고
남을 판단하며
정죄할 때

원수 갚고, 보복하고
남을 미워하여
전쟁을 일으킬 때

우리는
이미 하나님이다

# 그 섬에는

그 섬에는
추운 겨울만
검은 눈이 내리는
추운 겨울만 있었다

그 눈의 이름은
假雪


그 섬에는
눈 속을 방황하던
수말 한 마리만
자신이 회색이라고 믿는
검은 수말 한 마리만 살았다

그 말의 이름은
雪馬

그 섬에는
오직 한 신만
아무도 믿지 못하는
오직 한 신만 다스렸다

그 신의 이름은
不神

어느 날
가설이 여전히 내리는 밤에


설마가
불신을 찾아
눈 속을 헤매다 못 찾고
괴로워 너무 괴로워
약을 먹었다


그 약의 이름은
만藥


결국
그 섬에는
불신만 남아
그 섬을 다스렸다


그 섬의 이름은
아마島 

그 섬은
아마도…

25

어쩌면 완전한 세상은…

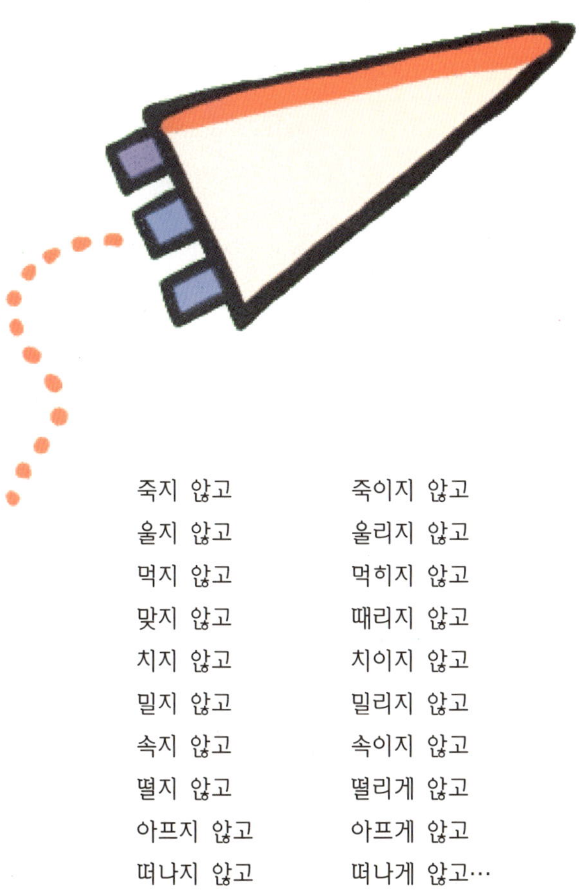

죽지 않고
울지 않고
먹지 않고
맞지 않고
치지 않고
밀지 않고
속지 않고
떨지 않고
아프지 않고
떠나지 않고

죽이지 않고
울리지 않고
먹히지 않고
때리지 않고
치이지 않고
밀리지 않고
속이지 않고
떨리게 않고
아프게 않고
떠나게 않고…

# 워 (WAR)!

어둠이
식탁을 차리자
서서히
시작되는 죽음의 잔치
두려 워
정말 두려 워

강제로
잔치에 초대된
손님은
아이들, 노인들, 여자들
무서 워
정말 무서 워

어느덧
시작된 잔치에
처참히
손님들이 스러져간다
괴로 워
정말 괴로 워

빈자릴
채우기 위해서
날뛰며
광란의 춤을 추는 어둠
역겨 워
정말 역겨 워

어둠은
즐거 워 웃는데
얼마나
이것을 참아야 하는지
지겨 워
정말 지겨…워!

# 줄 넘 기

줄넘기는
건강에 매우 좋다
고 한다

근데
그 좋은 줄넘기
대부분 하지 않는다

어릴 적부터
이놈의 사회
줄 잘 서야 한다
고 가르칠 뿐

줄넘기 잘 해라
가르치지 않기에

그래도
건강 위해서
줄넘기 잘 해야지

건강한 몸
건강한 사회
후손들에게
떳떳이 물려주도록

줄 잘 서기
어서 집어치고
모두들
줄넘기 잘 해야지

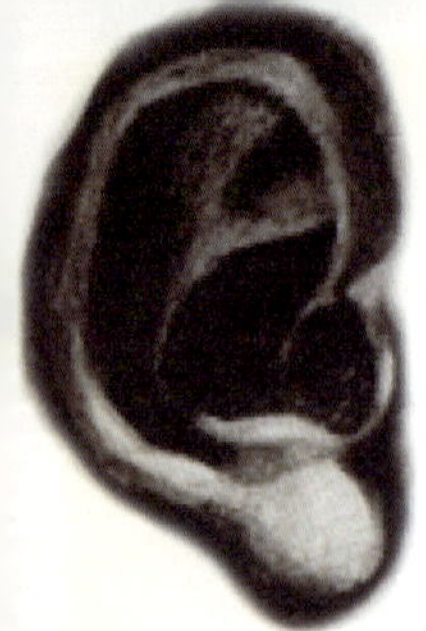

# 뉴스를 보면서

늘 그런 건 아니지만
아주 가끔은
세상 돌아가는 모습 볼 때

나도 모르게
만화 영화 '프란다스의 개'의
주제가 후렴구를 부르고 싶어져

그런데
앞에 한 소리마디를 첨가해야 돼

아주 즐겁고 명랑하게
'지～랄, 랄, 라, 랄 랄 라
랄라라 랄라, 랄 랄 랄 라'

한 번 더
'지～랄, 랄, 라, 랄 랄 라
랄라라 랄라, 랄 랄 랄 라'

# 위 대 한  유 산

산 자들의 자유 위해
은근슬쩍 남겨진
막대한 유산

그 엄청난 양은
하루 사천
이십 초당 하나

조작된 流産!

# 떨 어 지 는  아 이 들

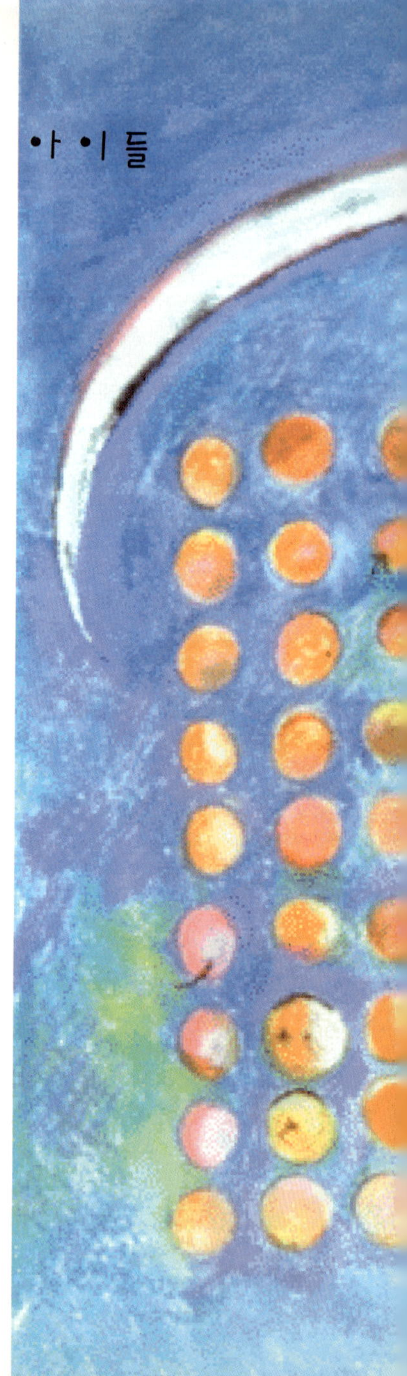

아파트 옥상에서
장난치다
한 어린아이 떨어졌다

죽 었 다!

귀기울여 자세히 들어라
20초당 한 아이가
이 땅에서 떨어진다

죽 는 다!

눈 크게 떠 확실히 보라
20초당 한 아이가
이 땅에서 떨어진다

죽 는 다!

장난치다
떨어져 죽은 그 아이
장례식 했을까?

했겠지…
엄마가
그토록 사랑했으니

그러나
20초당 하나씩 떨어지는
이름 없는 아이들

언제 장례식
한 번이라도 제대로 해 볼까?

어쨌든, 슬픔은
산 자들의 몫이라고?
그럼, 그 죽음의 고통
당연 그 아이들의 몫인가!

과연, 누가 그 몫 담당하련가!

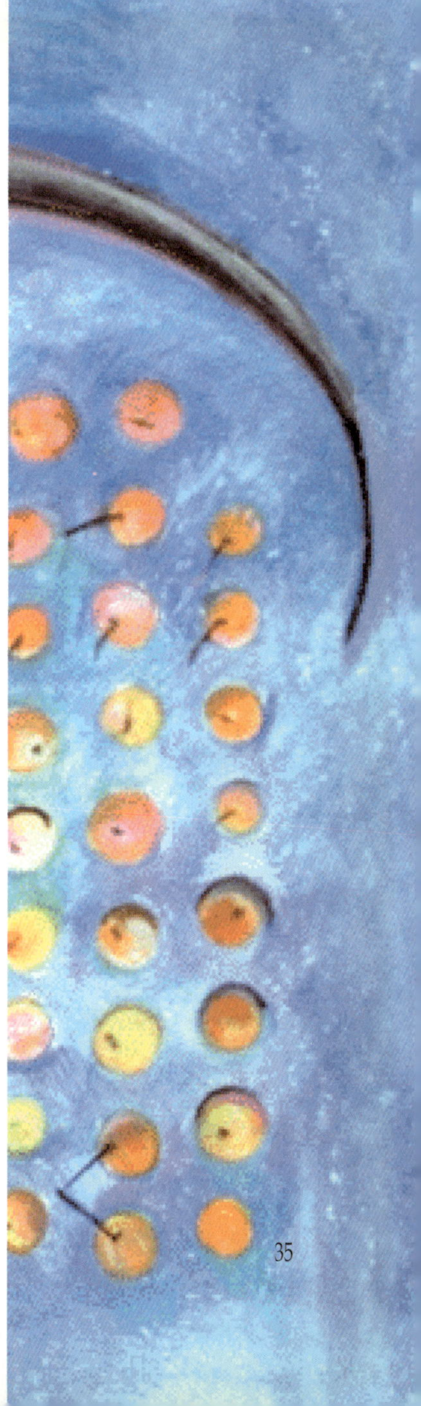

# 정교일치 국가,
# 대·한·민·국

한 해를 시작하며
국민 대다수가 불안한 미래 알고 싶어
반드시 占을 보는 나라
대·한·민·국

개국 이래 변치 않는
그 나라의 대표적 종교, 지배 신
미 신

한 해를 마감하며
국민 대다수가 쌓인 감정들 풀기 위해
반드시 정치 판을 까는 나라
대·한·민·국

개국 이래 변치 않고
그 나라를 이끄는 절대 지지 정당
선 무 黨

그렇기에
국민 대다수가 언제, 어디서나
반드시 즐기는 민족 고유의
민 속 놀 이

'누 워 서 침 뱉 기'

# 담

저마다의 비밀과 슬픔 안고
살아가는 많은 이들

남들이 행여 그걸 건드릴까 봐
울타릴 높이 치고
상처투성이, 외로운 자신들을
보호하려 감추려 무던히 애쓴다

심지어 어떤 이들
울타리로는 부족타 싶어
두껍고 거친 딱딱한 담
날마다 쌓으며 살아간다

그 담이 그대로 있다면
그나마 좋으련만
때론 담 밑을 지나는 이들,
그들 위로 이유 없이 무너져 내린다

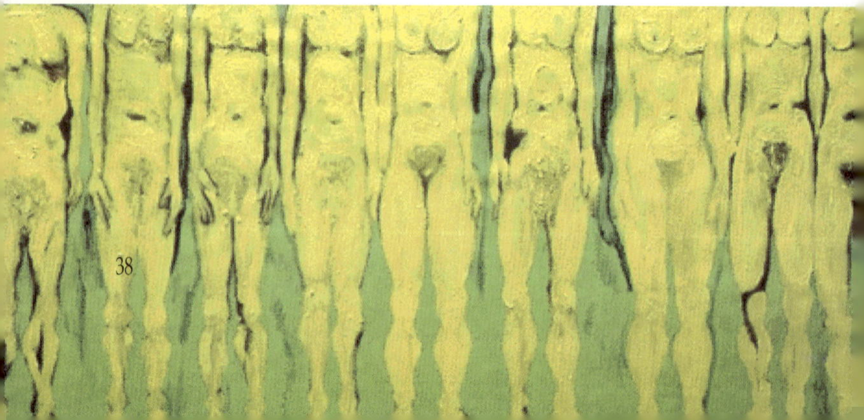

무너져 버린 담들
그건 바로
부담, 험담, 악담, 냉담…

그 담 아래 깔려
소리 한 번 못 지르고
죽어 가는 불쌍한 이들

사상자 줄이기 위해
모두가 자신의 담 헐었으면
도저히 그럴 수 없다면
다른 재료로 담을 쌓을 순 없을까?

덕으로 담을 쌓으면
덕담이 되어 자신을 보호하며
무너져도 지나는 이들에게
결코 피해 안 줄 텐데

우리가 오로지 쌓아야 할 담
그것은 덕담

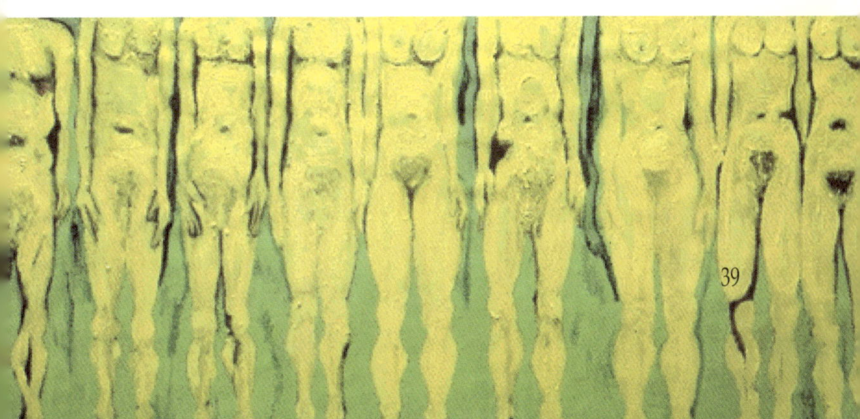

# 깨달음 1

그대가
깨달음에 이르기 전
먼저 해야 하는 건

자신을 깨는 일
완전히 '깨' 부수는 일

그러면
'달음'에 이르고
그 단맛을 안 후에야
온전한 깨달음을 맛보리

깨달음

그건 자아가
완전히 발가벗겨진다 해도
진리 앞에서
전혀 부끄러워하지 않는 것

그럴 때에
거저 주어지는 선물
그분의 은총

2부
心 긷는

# 心呼吸 (심호흡)

나 먼저 그분
사랑한 것 아니라
그분 먼저 날 사랑하사
날 부르셨네

날 부르신
그분의 부르心
그 마음을 내 마음
응했네, 들이마셨네

말씀하소서 주여!
온전히
주의 뜻 이루리라
心부름하리라

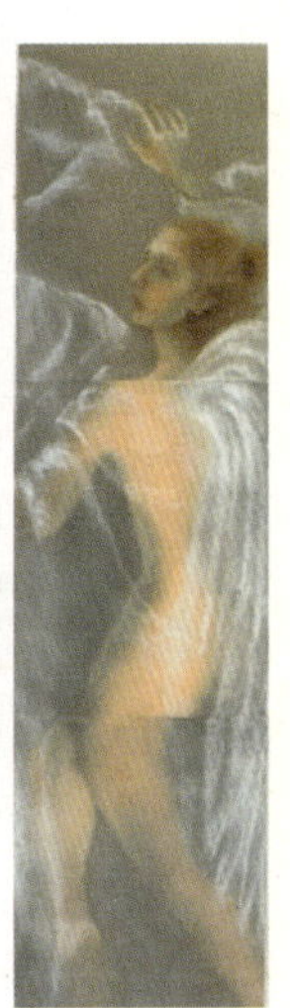

# 거울 앞에서 1

1

무엇 하나
제대로
시도할 수 없는

철저하게 처절한
틀에 박힌
도시의 삶 속에서

내게 금지된
지금이
방해받지 않고
해방되는 그 날에

개날 같은 족쇄가
내게서
떨어져 버리는
바로 그 날에

날개를 달고
난 유치하게
훨훨 날아가리라

치유받은
영혼의 자유
마음껏 누리며

2

춤출 수 없는
더러운 새장에
날 가두지 마라!

이것이
마 지 막 날
나의 지랄, 경고

더 이상
날 막 지 마!

# 거 울 앞 에 서  2

1

학문을 논할 수 있듯이
문학의 ′문′자를
몰라도

생선을 맛있게 먹듯이
바다 냄새조차
싫어하는 선생도

그냥 관상을 봐주듯이
나와 아무런
상관이 없어도

갑자기 계시를 받듯이
시계를
멍하니 바라보다가

정말 기발하지 않다
나의 시는
어쩌다가 그냥 발기될 뿐

자연의 섭리 따라
만물이 소생하면 되레
생소하게 느껴지기도

2

다시 보자
끈 불도
때로 불끈할 수 있으니

식상해진
상식도
때로 신선할 수 있으니

자 살 잘
한 사람이 죽기 전
한 번 더
뒤집어 생각했더라면

어쨌든
잘 살 자!

# 하루살이

하루를
산다는 것은
하루살이의 삶이 아니라

그분께
자신의 삶을
온전히 드린 자의 삶이다

겸손히
현재를 살 때
일분 일초도 헛되지 않으리

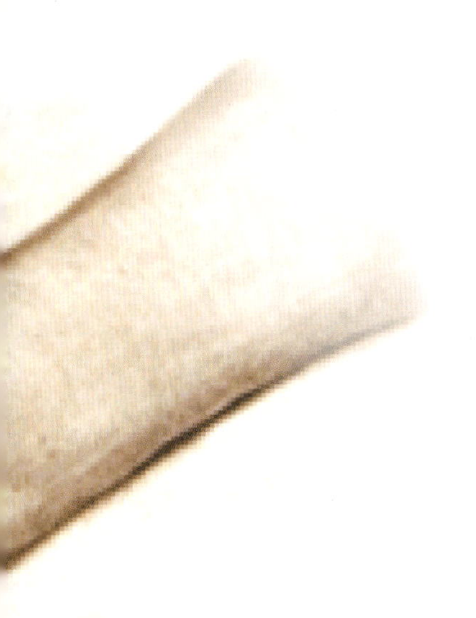

고통과
기쁨의 순간
그 모든 걸 감사할 수 있으리


하루는
그분의 선물
내일의 삶이란 또 다른 은총

# 잡생각

일하다가
때로는
쓸데없는 생각이 날 때

놀다가
가끔은
해야 할 일이 떠오를 때

그건
雜생각이든, Job생각이든
어쨌든
모두 잡생각이다

사는 동안
더러는
잡생각으로 힘들어하지만

잡생각 들 때
우선은 감사하라

그대 안에 있는
꿈틀대는 생명력을

그것은
살아 있음의 증거니

# 파 랑 새

이세상에서
당신이만든
가장고귀한
아름다운새

무엇보다도
맨먼저만든
정말푸르른
당신닮은새

그새를잡는
인간들이다
세상을변화
발전시켰지

오늘도그새
잡는인간들
부디이쁘게
세상바꿨으

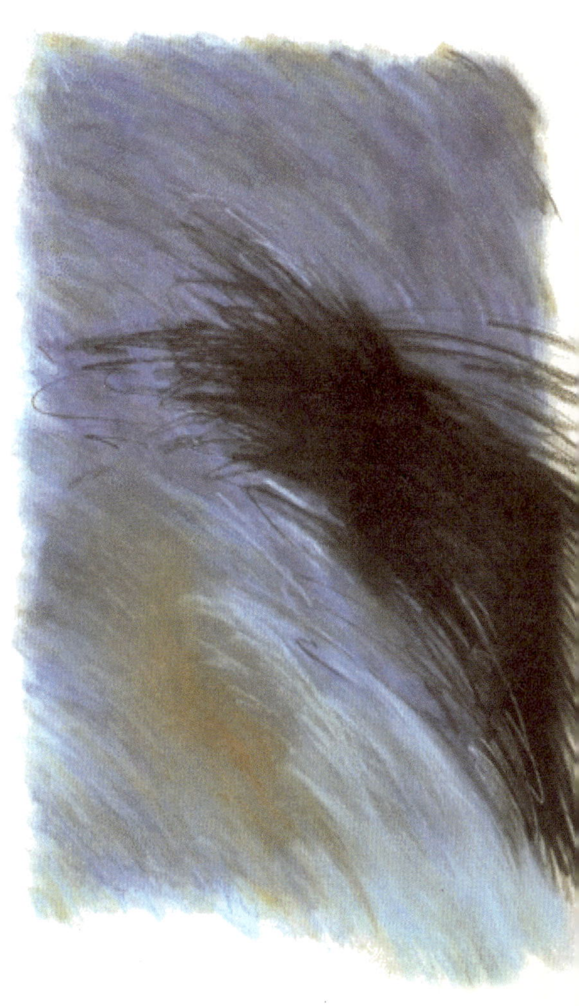

# 또 태초에

태초에
하나님이 천지를 창조하시고

또 태초에
창조한 천지 안에서
슬픔과 기쁨이 함께 살도록 하셨네

슬픔은
자신의 슬픔만 생각하느라
기쁨은
함께 기쁨 누릴 상대 없어

슬픔은
늘 슬펐으며
기쁨은
늘 기쁠 수 없었네

슬픔이
가장 싫어하는 건
거울에 비추어 자신의 모습을
똑바로 쳐다보기, 즉 직면하는 것

때문에
슬픔은 자신이 누구며
왜 슬퍼야 하는지
제대로 알 수 없었네

어느 날
그런 슬픔의 모습
너무나 안타까워
기쁨이 말했다네

"그대여,
거울에 똑바로 자신을 비춰 보라
직면치 않으면,
그대가 누군지 정확히 모르면
영원히, 영원히 슬프리…"

그 말에
더 이상 회피 않기로
직면하기로
슬픔은 결심했네

두려웠지만, 무서웠지만
슬픔은
용기 내어 거울에 자신을
똑바로 비춰 보았네

그 순간
자기 자신이 누군지 안 순간
거울 속 슬픔은 사라졌네
더 이상 슬픔은 없었네

태초에
하나님이 천지를 창조하시고

또 태초에
창조한 천지 안에서
슬픔과 기쁨이 함께 살도록 하셨네

그 이후에
슬픔은
자기 자신이 누군지 알아서
기쁨은
함께 기쁨 누릴 상대 있어

슬픔은
늘 슬프지 않았고
기쁨은
함께 기쁠 수 있었네

슬픔과 기쁨
천지 안에서 영원한 동반자

그 둘이
함께 살 때에야
비로소 인간들은 슬기로웠네

슬기로움은
슬픔과 기쁨을 제대로 아는 것
그 둘의 귀중한 자식

태초에
하나님이 천지를 창조하시고

또 태초에
창조한 천지 안에서
슬기와 인간이 함께 살도록 하셨네

# 마태복음 1장을 읽으며

아브라함은 이삭을 낳고
(피곤함은 잠을 낳고)

나손은 살못을 낳고
(겸손은 미덕을 낳고)

요람은 웃시야를 낳고
(보람은 기쁨을 낳고)

요담은 아하스를 낳고
(부담은 헤어짐을 낳고)

엘르아살은 맛단을 낳고
(남는 살은 비만을 낳고)

요셉은 마리아에게서
그리스도라 칭하는 예수를 낳고

마침내 예수는 사랑을 낳으시니라

# 사 랑 의  숲

넓고 넓디 펼쳐진
광야같이 거친 들
사람 들

그 들판을 지나면
외롭고 어두운 숲
기다林

숲 사이 긴 세월
끊이지 않고
흐르는 시내, 인내

그 숲에서 사람 들로
진실한 소리
바람 타고 늘 들린다

그 소린
모두 듣지만
깨닫는 이는 적다

깨닫는 이만
사람 들을 나와
기다림으로 향한다

진실한 소릴 믿는
극히 적은 일부만

숲을 헤쳐 나가다
때로 지칠  때면
인내에서 물 한 모금

진실한 소리에
다시금 힘을 얻어
마침내 그 숲을 넘어가면

눈앞에 펼쳐진
황금 들 그리고
차고 넘치는 성. 풍城

그 성 안에 풍성한 과실
信實, 眞實, 成實을
먹으며 영원토록 산다

더 이상 진실한 소리
성 안에
들리지 않지만

인내에서의 물 한 모금
그 맛. 기억하며
미소지으며
기다림을 회상한다

그 숲은 기다림 아니라
사랑의 숲이라고

사랑의 숲이었다고…

# 길

나의 이름은 求道


허무하고 허전한
헛된 삶을
알차고 보람된 삶으로
바꾸고자
어느 날 먼길을 떠나다


나 홀 路


그 길은
외롭고도 고달픈
끝이 없을 것만 같은
광야 길


나 름 대 路


안간힘 써
그 광야 길을
간신히 넘어서다


그 길을 넘어서자
의 외 路
넓고 평탄한
여러 갈래 길

제 멋 대 路


거기서
인간들은
이리저리 헤매다


그리고 자신이
믿 는 대 路
그 갈래 길
신속히 빠져나가다


나 道


그들처럼 헤매다
끝내 어 디 路
가야 할지 몰라
그냥 거기 주저앉아 버리다


여기에 이르기까지
고생한
나의 처절한 노력,
신기루처럼
사라져 버리려는 순간


기 道

나의 한계를 인정하고
절대자를 향해
무릎 꿇을 때
서서히 보이기 시작한
오직 한 길

자신의 한계를
전혀 깨닫지 못하는
인간들,
대부분의 인간들은
그 길을 찾지 못하다

그 길에 들어서자
나의 삶은 완전히 바뀌다
내가 꿈꾸던
알차고 보람된 삶으로

그 리 스 道

그 길은
사랑으로 나를 감싸는
그분의 손 길

그 길은
날 생명으로 인도하다
내 이름을 바꾸다
나의 이름은 氣道

# 위 로

삶이 무척 고단하고 피곤할 때
잠시 누군가의 위로가 필요할 때
그대는 왜
옆을, 아래를, 심지어는 뒤를
돌아보는가?

위로는 위로다!


위로는 언제나 위로부터
잠잠하여
그분의 숨결, 크게 들이마시라

위로는 위로다!

# 참 보물

한 순례자
세상에서 가장 가치 있는
보물 찾아 길 떠난 순례자

고생 뒤 낙(樂) 온다고
이 세상 다 뒤져
그것을 찾았으니

우선은
은빛 물결 넘실거리는
강 위에 떠 있는 기쁨의 배

거룩한 예배!

그 배에 오르기 위해
꼭 거쳐야 할 한 가지 절차

배를 지키는 충실한 개,
진정한 회개에게

자신의 두 손,
바로 겸손을 활짝 펴서
높이 들어 보이는 일

그리고 나서
순례자는 배에 올랐네


배에 올라
맨 먼저 발견한 건
흠 없고 깨끗한 흰 양들

배 안 가득가득
차고 넘치는 아름다운 찬양

감격한 순례자
눈물을 한없이 쏟고 쏟다가
배 한가운데 놓여 있는
책 하나 발견했네

그 책은
사랑이 듬뿍 담긴 용書

순례자를 태운 배는
이윽고
영광의 땅 향해 항해 시작

은빛 찬란한
은혜의 강물 위로
거침없이 바람을 타고 달리는 배

거룩한 바람을 숨쉬며
은혜의 강물에 몸을 맡기고
배는 힘차게 나아가네

은혜의 강물, 참 보물

예 水!

# 거 기 서

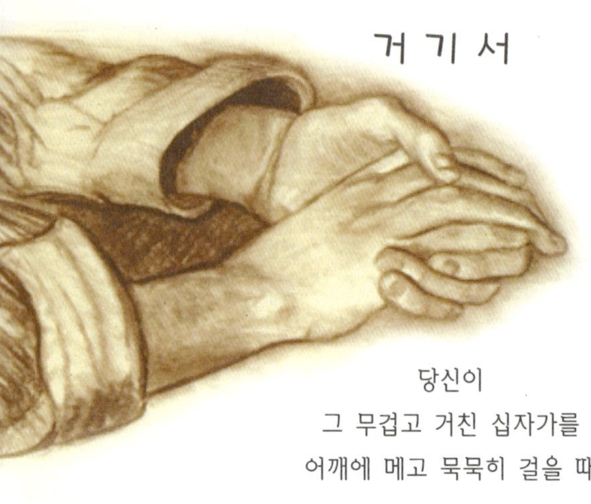

당신이
그 무겁고 거친 십자가를
어깨에 메고 묵묵히 걸을 때


우리는
가볍고 아름다운 십자가를
목에 걸고서 기뻐 날뛰었네


당신의 손, 발
무디어져 잘 박히지도 않는
더러운 녹슨 못들
무참히 박힐 때


우리의 마음
욕심 가득 잘 빠지지도 않는
반복되는 잘못들
그냥 놔두었네

당신이
우리를 사랑하여 고귀한 피를
남은 한 방울, 아낌없이 쏟을 때


우리는
당신을 저주하며 회피, 도피를
철철 넘치게 그냥 흘려 보냈네


당신이
마지막 숨 거두며
"다 이루었다!"
세상 향해 외칠 때에도


우리는
깊은 한숨 내쉬며
"아직, 할 일이 많다!"
당신의 말 듣지 않았네


지금도
당신은 두 팔 벌리고
우리를 기다리는데


여전히
당신은 거기에 서서
우리를 기다리는데…

71

# 어?……어!

태초의 강, 비손
거기 사는 첫 물고기

비손은
그 물고기를 기억하네

그것은 言 魚!

어느 흐린 날
언어는 惡 어의 유혹으로
沙上(思 想)에서
알을 낳았네

환 卵, 곤 卵, 음 卵

그 알들에서 부화한
더러운 물고기들,
비어, 속어, 은어
…그리고 죽 魚

악어의 자식들로 인해
비손은 점점 오염되었네
심지어 물고기들이
알을 낳는 사상마저

공포와 두려움에 싸인
다른 많은 물고기들
악어의 자식들을
따를 수밖에 없었네

어느 새 비손은
더러운 손이 되어
불신과 저주만이
넘쳐 흘렀네

그 때 순결하고
용감한 한 물고기,
'싫 魚' 가 태어났네

"싫어!"
악어의 자식들에게
대항한 유일한 물고기

그러나 악어의 자식들
가만있지 않았네

그들의 우두머리
죽어!의 선동으로

욕 雪이 내리는 밤
싫어는 처참히 뜯겨
많은 물고기들의
밥이 되었네

가엾은 싫어의 죽음

그러나 그의 죽음이
끝은 아니었네

싫어의 몸을
뜯어먹은 많은 물고기들
그들 몸 속에서
다시 싫어가 꿈틀거렸네

새로운 생명력을
부여받은 많은 물고기들

용기를 내고 힘을 합쳐
악어의 자식들을
먼 바다, 死 해로 내쫓았네

싫어의 저항
고귀한 희생으로
태초의 강, 비손은
비로소 소생될 수 있었네

지금도 그 강에는
순 水 만이 흐르네

태초의 강, 비손
거기 살았던 용감한 물고기

비손은
그 물고기를 기억하네

그것은 싫 魚!

정말, 싫어…

# 짜증의 중독

자꾸
약 올리지마!

# 관　속에서

우린 모두
드라큘라의 후손이 아닌데

모두 다
저마다의 관 속에
처박혀 편안해 한다

죽었기에
관 속에 있는 것이 아니라
살았기에
관 속에 있는 것이다

사는 동안
나만의 관을
이쁘게 잘 짜고, 잘　닦아

평안히
그분과 함께
늘 관 속에 거하리라

나만의 관
나의 습 관, 나의 가치 관
나의 세계 관

# 생 각 없 는 나 라

그 나라는
모든 국민이 無我之境


절대 변하지 않는
그 곳에서의 표준 시간

엑스터 시 흥 분 말 초
신경이 마비된 시간

쾌락만이
그 나라의 통치자

성교만이
그 나라의 종교

오르가즘
그 나라의 문화

그 나라에
입국 쉬워도, 출국 힘들다

자극을
더 원하면 원할수록

끝내 느끼는 건
허무

비극이다!

추구하는 그 나라의 문화
영원할 수 없기에

그 나라의 표준 시간이
바뀌기 시작할 때

그 나라 국민은
영원한 참 기쁨 가운데 거하리

구원의 시간
엑스터 시 그 분 태 초

그것은
그 나라에 전에 없었던 時刻

바로 生각

# 고독 읽기

고독은 읽어야 한다
삶의 깊이를
깊이 알고 싶다면

고독은 읽어야 한다
분주한 삶 속에
참 자유가 거닐도록

고독은 읽어야 한다
삶을, 남을, 나를
정말 사랑하려면

고독은 읽어야 한다
그분과의 만남
영원한 우정을 지속하도록

# 깨 달 음  2

시금치 나물을 무치며
뿌린 깨, 소금

맛을 보는데
웬 단 맛?

실패한 양념
소금 아닌 설탕!

그제야 알았다
깨, 달 았 다!

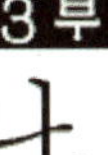



나,

# 왼손잡이의 환희

왼쪽은 걸어가실 분

오른쪽은 서서 계실 분

그렇다!
세상을 움직이는 건 좌파다!

# 영웅

타협은 없다!

그렇게 외쳤던 한 젊은이

지금도 내 가슴 속 어딘가
한 자리 차지하고
잊을라치면
튀어나와 전과 다름없이
외치고 있어요

그가 죽은 나이 스물여덟

세월 흘러 나도 이제
그와 비슷한 나이 됐는데
그와는 달리 언제인가부터는
살아가면서

타협은 해야 한다!

그렇게 외치고 있네요

내 가슴 속에 그 젊은이
그런 날 보며
안타까워 하네요

그래도 먼 훗날 그를 만나면
(속으로는)
타협은 없다!

그렇게 외치며
살았다 변명할래요

내 가슴 속
그 젊은이가 실은
진짜로 나였었다고

그렇게 변명할래요

# 同 族


길을 걷다 들은
비둘기 울음소리


어렸을 적엔
비둘기가
"구구" 하고
우는 줄 알았는데


그게 아니란 걸
그제야 깨달았다


잘 들어보니
비둘기 울음소린


"꾸물럭, 꾸물럭"


허, 그놈 참!
나 같군…

# 죄　송

부르고 싶지 않지만
정말 이 노래를 부르고 싶지 않지만
어쩔 수 없이, 나약한 난 이 노래를 부를 수밖에 없다

사람들이 나의 이 노랠 귀기울여 듣는다면
내가 부르는 이 노래 가사를 자세히 살펴본다면
새빨갛게 물들었다 하겠지 시꺼멓게 썩었다고 하겠지

하나님 죄송합니다 오늘도 또 罪Song하네요
욕심 많고, 음란하고, 게으른 절 용서하시고
제 노랠 바꾸사 다시는 죄송하지 않도록 도와주소서

# 영원한 잔치

아직 서른이 안 되었는데도
잔치가
이미 끝난 것 같은 느낌

왜 일 까?

조직과 제도
사회화
기성 세대로의 진입

늙는 건
단순히 살아온 시간의 양이
느는 게 아니라

자신도 모르게
서서히 꿈을
잃어 가는 것이다

늙는 건
단순히 어릴 적 꿈을
잃는 게 아니라

자신을 향해
자신 있게 웃지 못하는
현재에 다다르는 것이다

웃을 수 있다면
아직 늙은 게 아니지
잔치가 끝난 게 아니지

웃음을 되찾는 건
다시 꿈꿀 수 있는 것

웃자
자신을 향하여
자신 있게, 정직하게

웃자
영원한 잔치를 위하여

# 내가 많은 나무

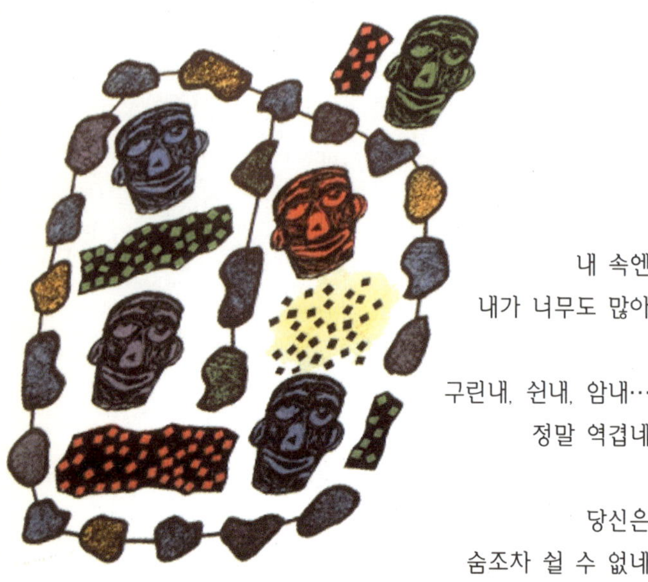

내 속엔
내가 너무도 많아

구린내, 쉰내, 암내…
정말 역겹네

당신은
숨조차 쉴 수 없네

바람만 불면
내 속에
온갖 더러운 내가
퍼져 나가네

내 속엔
정말 내가 많아서
당신을 감히
생각조차 못하지만

그래도 당신이
날 사랑하신다니

난 몸둘 바를 모르네
그냥 감사, 그저 감사하네

# 바 • 이 러 스

어느 날 갑자기
감기에 걸렸다
그리고
너에게 감기를 옮겼다
감기는 그렇게 전염되나 보다

어느 날 갑자기
사랑에 걸렸다
그리고
너에게 사랑을 옮겼다
사랑은 그렇게 전염되나 보다

부디 네가
사랑에 저항력이 약해서
그 병이
오래오래 지속되기를

# 아 낌 없 는 사 랑

아무것도
바라지 않고
사랑을 준다는 것이
얼마나
어려운 일인지

나란 놈이
사라지지 않고
언제나
살아지기 때문에

그대에게
그렇게
사랑을 주고 싶은데

나 없이
순수하게
정말, 我낌없이

또
차였다!

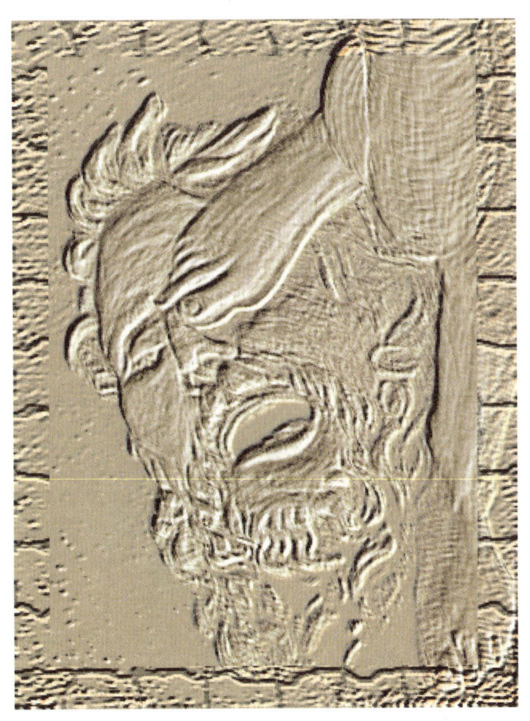

# 이별의 흔적

그녀가
거리 한복판에서
나를 찼다

"가, 너완 끝이야
네 맘대로
그냥 가버리란 말이야!"

그것이
그녀가 남긴 마지막 말

그리고, 그 년
완전히 날 떠났다

그 자리에서
눈물은 가까스로
참았으나

갑자기 목이 메어
속에서 들끓는 가래는
정말 어쩔 수 없었다

나도 모르게
퉤 뱉은 가래

가래
그냥 가래…

# 별 나 라  공주

그녀는 머나먼 별에서
내 가슴을 서서히 녹이며 찾아온
기쁨을 가르쳐 준 별나라 공주

난 그녀를 보았다
그리고 나도 모르게 사랑에 빠졌다
혼자만의 사랑은 그렇게 시작되었다

그것은 비극!
마치, 비행기 테러로 순간 내려앉은 무역 센터 빌딩처럼
그녀를 사랑한 것은 예고된 비극이었다
결국, 그녀는 내 맘을 받아줄 수 없다 했다

어느 날 우린 함께 중국집에 갔다
나는 울면을 주문했고, 그녀는 외면을 주문했다
짝사랑의 외로움이란, 불어 버린 울면을 젓갈로 헤집는 것
울면 안 된다, 울면은 안 된다

어느 날 우린 함께 파도가 일렁거리는 바다에 갔다
손 잡고 싶었건만 내 발목만 잡았다 그리고, 해변서 축구했다
나는 공을 찼고, 그녀는 나를 찼다
난 그 바다를 기억한다
오해였다, 그건 오해였다

어느 날 우린 함께 산에 올랐다
그 산 어느 절에 다다랐을 때, 난 용기 내어 사랑을 고백했다
그녀는 여전히 내 맘을 받아줄 수 없다 했다
난 그 산과 그 절을 기억한다
오산이었다, 거절이었다

지금 난, 연을 날린다
저 하늘 높이, 그녀가 살고 있는 별나라까지 닿을 수 있도록
실연을, 인연이 아닌 실연을

그녀는 머나먼 별에서
내 가슴을 아리게 쑤시고 돌아간
슬픔을 가르쳐 준 별나라 공주

그 별은 작별…

# 술 래 잡 기

내가 그대에게 다가갈 때
그대는 누군가를 떠나려고 했지

내가 그대를 느낄 때
그대는 나를 보았지

내가 그대를 좋아할 때
그대는 나를 느꼈지

내가 그대를 사랑할 때
그대는 나를 좋아했지

내가 그대를 떠날 때
그대는 나를 사랑했지

그리고, 다시…

그대가 내게 다가올 때
나는 누군가를 떠나려고 했지

# 비  웃  음

그녀와 헤어지고
개 念 없이
거릴 헤맨다

이윽고 조금씩
비 내리기 시작한다
왠지 묘한 기분

나도 모르게
이상한 웃음이 난다
내 웃는다

덩달아
비도 따라 웃는다
비 웃는다

갑자기
나보다 더 큰소리로
비가 웃는다

비 웃는다

슬펐다

# 방생(放生)


날 떠나
버린
그녀를
내 기억에서
완전히 없앤다는 건

내 안에
있는
苦海 속
망각의 물고기 낚아

그 즉시
과감하게 놔주는
'잊 魚 … 버 려!'

# 거 짓 말  2

난 그대가 싫다

그대의 환한 미소조차도
대면하기 싫다
가증스럽다 못 해 이젠 짜증이 난다

정말 난 그대가 싫다
말뿐인 그대의 솜사탕 같은 사랑

좋아했지만, 그것만으로도 행복했지만
다시는 좋아하지 않겠다 기억조차 않겠다

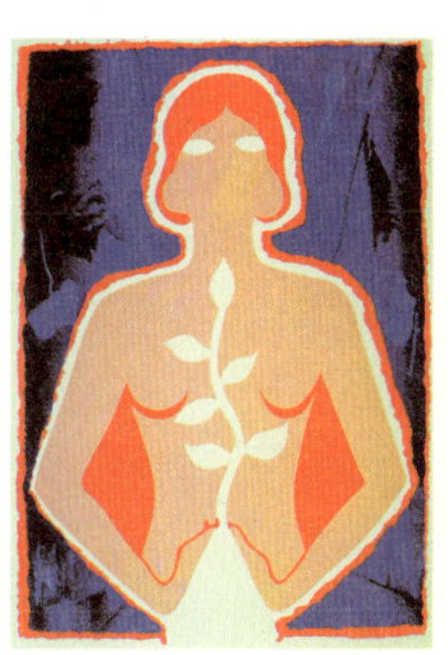

# 망상의 종점

혹시 그가 날 좋아한다면

혹시 그가 날 사랑한다면

혹시 그가 나와 결혼하자면

혹시 그가 날 싫어한다면

혹시 그가 날 미워한다면

혹시 그가 나와 헤어지자면

그래서
언제나 나 먼저 떠나지

# 버려지고 또 버려지고

그가 나와 함께 할 땐
언제나 난 쓸모 있는 무엇이었다
하나의 이름이었다
그가 날 버리고 나선
이름도 잊혀진 쓰레기가 되었다
아무도 거들떠보지 않는
철저한 외면으로 일관된 삶의 연속
길거리에서 이리저리 굴러다니는
외로운 사물(死物)…
그가 날 다시 찾을 때
난 다시 쓸모 있는 무엇이 되었다
고 그렇게 생각했다
그러나 그건 또 다른 이름이었다
그가 날 전혀 다른 부류의 것들과
같은 취급을 하기 시작할 때
난 또다시 쓰레기가 되었다

난, 여전히 쓰레기였다!

# 실 망

실망이 쌓이면
끊기 힘든
질긴 망이 됩니다

그렇기 때문에
살아가다
실망을 만나면은

그 실들을 즉시
끊어 버려
거기에 얽매여선

절대 안 됩니다
실망! 그건
잃어버려야 할 망(網)

# 일탈 행위

오늘,
앉아서
오줌을 눠 봤다

그래서
가끔
세상은 색다르게 시원하다

# •예 배

흠 없고 순전한
나만의 예물을 정성껏 드리는
가장 거룩한 엄숙한 시간, 이른 아침

때로는
예물에 피가 섞여서
피의 제사가 되기도 하네

여자들은
어쩔 수 없이
한 달에 한 번 피의 제사를

그러나 난
예물 바치는 방법이
영 서툴기에 여전히 피의 제사를

제기랄…
오늘도 또 비었다!

# 몸 부 林

난 여전히
이 숲을 헤어 나오지 못하네

무거운 내 어깨
짓누르는 나의 욕심들

얼마나
더 수고해야 하는지

이 숲의 끝은
과연 어디쯤인지

시간이 흐를수록
점점 더 다가오는 절망과 낭패

지금 내가 필요한 건
당신의 자비, 당신의 은총

그리고, 사랑

# 나는 참 병신입니다

나의 눈은
평안 아닌 불眼

내가 바라보는
이 세상은
늘 무섭고 두렵습니다
그래서…

나의 발은
풍족이 아닌 부足

나보다 가난한
이들에게
늘 다가가지 못합니다
그래서…

제대로 보지 못하는
나의 눈
제대로 걷지 못하는
나의 발

주님!

이런 날
온전히 고치사
당신의 눈, 당신의 발로
살게 하소서

제대로
살게 하소서

# 4부

無

# 무 의 미

내가 하는 일이
어느 순간
아무런 의미 없이 다가왔다

햇살이 따가워
살인을 한 사람

그렇게
난 이방인이었다

거할 곳 없어
뒤도 돌아보지 않고
앞만 향해 가야 하는

그래도
아브라함은 죽은 자 위해
땅을 사지 않았던가

자신의 무덤은
마련한 게 아니었던가!

아름답다
오늘따라 햇살이
눈부시게 아름답다

아무것도 아닌 나여!
아무도 아닌 너여!

흙으로 돌아가는
참 기쁨

無 의 美 여!

118

# 겨울 산을 다녀와서

나무가 되고 싶다
늘 항상 자기 자리를 지키고
세상과 절대 타협하지 않는

나무가 되고 싶다
시련 뒤, 꽃 피우고 열매 맺는
생명의 강인함을 가르쳐 주는

나무가 되고 싶다
괴로운 삶, 지친 삶들이 다가와
그늘 밑에서 잠시 쉼을 얻고 가는

정말, 나무가 되고 싶다
소유한 모든 것들을 필요한 이에게
아낌없이 내어 줄 수 있는

그래서, 온전한 나
無가 되고 싶다
썩어 없어져 완전히 새롭게 태어나는

# 매

머나먼 아프리카
예로부터 전해 오는 한 이야기

어느 마을에 사는
다리 한쪽 저는 한 노인

하루는 길 지나다
닭 키우는 집

닭들 사이 병아리 마냥
모이 쪼아먹는
거의 다 자란 매 한 마리 발견했네

이상타 싶어
그 노인
집주인에게 물었네

주인 왈
"아들녀석, 산 갔다
매 집 발견, 알 주워와
닭 품에서 부화시킨 거요"

그 날 밤, 집에 와
잠 청하는데
그 노인
낮에 본 매 생각나
도저히 잠 못 이루네

아프리카에서
잠 못 이루는 밤

그 이튿날
그 집 다시 찾아가
닭 새끼 닮은 그 매
시험해 보도록 허락받았네

병아리 마냥
퍼득거리는 그 매 잡아
그 노인
하늘 높이 던지네

"넌, 매! 닭 새끼 아닌…!
이미 태초에 약속된, 절대 취소할 수 없는 예매, 바로 매!"

날개 짓 몇 번 하다
땅에 그냥 처박혀 버린 매
그 노인 무서워 도망갔네

그 다음 날
그 노인
다시 그 매 잡아 시험하네

이번엔 지붕 위 올라
더 높이 던지네

"넌, 매! 닭 새끼 아닌…!
지어미도 모르고, 자기 자신도 몰라보는 치매 아닌 매, 바로 매!"

날개 짓 몇 번 더 열심히 하다
또다시 땅에 처박혀 버린 매
그 노인 피해 이번엔
엄마 닭 사이로 도망갔네

며칠 동안 잠 못 이룬
그 노인
큰 결심하고
새벽 일찍 집 나섰네

닭들이 잠든 사이에

그 매 붙잡아
그 노인
다리를 쩔뚝대면서
하루 종일 산에 올랐네

산꼭대기 올라
그 노인
매를 바라보며 뭐라 말했네
그리고 아주 멀리
있는 힘껏 던지네

추락하는 건 날개가 있나 봐
첨엔 그냥 아래로
곤두박질치는 매

두려워 너무 두려워
눈도 못  뜨다
그 매
자신도 모르게

한 쪽 날개를 펼치고
또 다른 쪽 날개를 펼치고
그 매
바람을 타고
훨훨 높이 올랐네

더 높이,  더 멀리…

하늘 가르며 높이 나는 매
바라보면서
그 노인
계속 소리치네

"넌, 매! 닭 새끼 아닌…!
온갖 역경 이겨내고 아름답게 맺힌 고귀한 열매, 바로 매!"

# 후회 없이, 미련 없이

방청소를 몇 달 동안 안 했더니
바닥에 먼지가 솜사탕 되어 굴러다닌다
더불어 내 몸에서 떨어져 나온 털들
머리털, 다리털, 꼬부라진 털
심지어 쪼그만 속눈썹까지
이년들은 자기의 주인이 게으름 피우고
제 할 일 즉각 안 할 때에도
쉬지 않고 자기 업무(?) 충실하다
제 수명에 알아서 빠져 나온 것들이리라
일생을 후회 없이, 미련 없이
그렇게 털털 떨쳐 버리고
소리 없이 가 버린 년들
나도 이 세상 떠나는 날
이년들처럼 모든 것
털털 떨쳐 버리고 갈 수 있기를…

# 高 生

인생은 苦다
해산하는 여인의 찢어지는 아픔과
함께 시작되는 삶이여
그렇다, 인생은 Go다
이 세상에는 영원토록 머무를 곳 없어
앞만 보고 계속 달려가야 하는 이방인이여
마침내 우리가 가야 할 본향
그 곳에 다다를 때까지
인생은 苦다
인생은 Go다

# 장례식 연습

하루 일과를 마치고
난 자리에 눕는다

이미 지나가 버린
아직 남아 있는
곧 다가올 나도 모르는

수많은 일들을
살그머니 내려놓고서
난 자리에 눕는다

오늘 이것만큼은
반드시
해내리라 다짐했건만

끝내는 못 끝낸 일들

아쉬워하며 후회하며
반듯이
자리에 눕는다

다리를 뻗고
두 손을
가지런히 포개고

하루 동안
지은 죄
그분께 아뢰며

그 나라에 가고픈
마음 속
깊은 열망 되뇌며

엄숙하고, 고요하게
오늘도
자리에 눕는다

# 二 心 同 體

불을 켠 순간
발견한 그놈

난, 그놈을 보았다
아니, 들켰다

가까운 아무거나 집어들었다
아니, 도망갔다

내려쳤다
아니, 피했다

다시 한 번 내리쳤다
아니, 맞았다

잡았다
아니, 잡혔다

죽였다
아니, 죽었다

변기통에 버렸다
아니, 버려졌다

발견 즉시 죽여야 할 놈!
아니, 미친 놈!

# 어 느 새 … 금 새

새야, 새야, 어느 새야!

내 기쁨
언제 훔쳐서
네 휴지통에 버렸니?

새야, 새야, 금 새야!

네 슬픔
언제 가져와
내 고통 안에 버렸니?

얼른, 내 고통 안에 담긴
네 슬픔
아예 통째로 다 갖고

다시, 네 휴지통에 담긴
내 기쁨
깨끗이 닦아 돌려 다오

# 런 (Run)!

개미는 걷지 않는다
늘 성실히
근면하게 뛰어다니지
달린다
심장이 멎을 때까지

그렇게
부지런, 런, 런!

지나온 날들
돌이켜볼 새도 없이
갑작스런
죽음을 맞이하지

쯧쯧쯧
저런, 저런, 저런!

# 동 산

어렸을 적엔
꿈을 찾아
꿈동산을 헤매었는데

나이가 드니
돈을 찾아
부동산을 헤맨다

그렇게
돈을 찾다
돈 사람이 되어

결국엔
저기 저
동산에 묻히겠지

그러면
다시 어릴 적
꿈을 기억할는지

# 귀  향

하루하루
삶이 기쁜 건
당신에게
점점 더 가까이 가기에

이 세상
전쟁 끝나는 날
난 당신께 가리라

가서 말하리라

당신의 나라
이루기에
나 너무 부족했다고

그래도
가끔은 즐거웠다고

삶의 단 맛, 쓴 맛
알게 되어
너무 고마웠다고

정말 감사하다고…

# 삶은 빨래

삼천삼백 원짜리
새하얀
티-셔츠를 샀다

깔끔한 리얼리-티

그 티 입고
수업 시간 늦어
헐레벌떡 뛰다

그 티 입고
배고파 자장면
허겁지겁 먹다

선명하게 그려진
자장 얼룩
그리고 때 자국

더러워진 리얼리-티


빨아도 잘 안 진다
어디 한 번
삶아 봐야겠다


어차피 삶은 빨래니
반복되는
(안 되면 쉽게 버릴 수 있는)


삼천삼백 원짜리
싸구려
리…얼…리-티

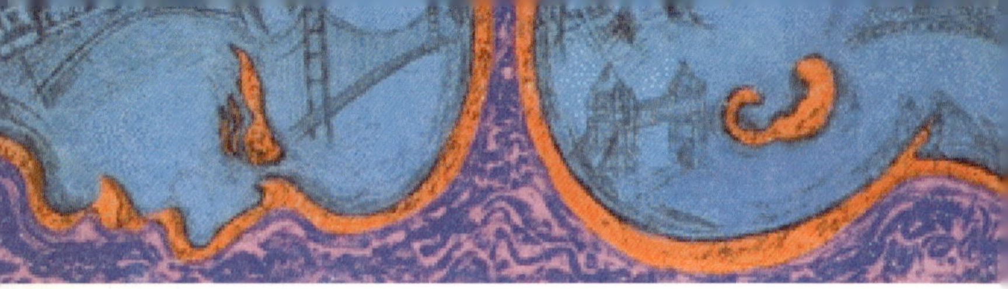

# 지 게 위 무 지 개

無엇이
그대의 어깨를 그렇게도 처지게 하는가?
無지하게 커다란 지게
거기 실린 건 그대의 더러운 욕심 아닌가!
無서워 마라
행여 그 지게, 누가 건드려 넘어질까 두려워 마라
無거운 그 지게
그대 어깨에서 과감히 벗어 버려라
無한한 자유
진정 누리고 싶다면, 지게 위 찬란한 무지개 보고싶다면

無릎 꿇고서
잠잠히, 겸손히 그분을 만나라 그리고, 기지개 펴보아라
無임을 깨닫게 되리라

결국 삶이란!

# 行 福

삶, 그놈을
치열하게 살아가노라면
사라져 버릴 듯하다
또다시 다가오는 Pain

그로 인해
인간들은 때로 廢人이 된다

Pain, 그년을
회피한다고 삶이
해피해지는 건 정녕 아닐진대
어쩔 수 없다 인간들은

직면하여라 그대여
쫄면 안 되지
幸福하려거든
行福하여라

그러면 어느덧
Pain은 嬖人이 되어
그대 곁에 있으리

# 용 기

하나님!
제게 용기를 주소서


당신의 무한한 사랑을
가득 담아도 넘치지 않을
큰 용기(容器)를 주소서


그래서
용기가 작은 이들에게
그 사랑을 나눠줄 수 있게


살아갈
큰 용기를 전할 수 있게

# 원래대로

뿌연 달을 보니
세 月이
지나온 세 月이 희미하게
생각나려 한다

슬픔과 기쁨 사이
그 변화무쌍한
月 속에서 살다
지금 여기까지 이르렀다

앞으로도
계속 그러리라
쉬이 말할 수 있겠지만

밤하늘 맑게 개어
언젠가
달무리를 보게 될 때

내게 남은 月
마무리 잘 하리라
새 각오, 새 결심 해야겠다

그분이 허락하신
月 來 대로
한 번 살아봐야겠다

# 노  예

난 알았습니다
그대가 분노할 때
그대의 마음 노예가 된 것을

그대는 그토록
매여 있는 노예의 마음입니다

분내지 마십시오

그대의 노는
정말 의로운 분노
일지도…

그러나 그게 무슨 상관입니까?
노하는 순간
그대는 이미 노예가 되었는데


기쁨의 자유
다 잃은 마음의 노예가 되었는데…


노를 가라앉히세요


노예는
노(怒)한테 '예'해서,
노한테 마음 뺏겨
결국 노예(奴隷)가 되는 거랍니다

# 시 작 은 끝 • 이 다

아침이다
모든 만물이 소생하는
잠자던 영혼
깨어 그분을 만나는

마침이다
어제까지의 모든 슬픔
온갖 죄악들
씻기고 사라져 버린

⁂ 험한 세상에 뱀의 다리(蛇足)가 끼어


◆저자의 출생 연도가 궁금하면 수록된 시의 개수에서 4를 뺄 것!


▶시 작 이 반 이 다!
-이반 : 성(性)적 소수자들이(게이, 레즈비언, 트랜스 젠더, 양성
애자…) 일반 대다수 사람들에 대응하여 그들 자신들을 특징 짓
는 용어, 그들만의 은어
-inspired by 최영미, '서른, 잔치는 끝났다'


▶지하철에서 7
-inspired by 최영미, '지하철에서 1~6'


▶물구나무서기
-물구나무 서서 읽어 봐라


▶어쩌면 완전한 세상은…
-미국 무역 센터 두 건물 뽀개져 숨진 사람들을 추모하며
 (심지어 테러리스트들도)


▶워(WAR)!
-2001년 10월 8일 미국의 아프가니스탄 공습 시작

▶뉴스를 보면서
-그 노래의 후렴을 잘 모른다면, 이승환이 부른 동명 곡('프란
다스의 개')을 참고하라

▶위대한 유산
-낙태 반대 운동 연합 사이트 http://prolife.or.kr

▶거울 앞에서-거울 앞에 서면 '가짜'도 '짜가'가 된다. 진짜는
없다. 도대체 거울 앞에 서 있는 너는 누구니?

▶파랑새
-파랑새는 창조(푸를 蒼, 새 鳥)다. 〈창 1:1〉 보라!
이 시의 마지막 연 마지막 글자 오타 절대 아니다.
일반적으로, 한국 사회제도 속에서 창의성이 요구되는 중요한 여
러 일들이 형식이라는 꽉막힌 틀 안에 갇혀 있다. 그래서 그 새
가 잘 날 수 없

▶또 태초에
-슬픔＋기쁨＝슬기

▶사랑의 숲
-진실한 소리＝참 음(音), "사랑은 오래 참고…" 〈고전 13장 4
절 상반절〉

▶길
-"기도(祈禱)는 기도(氣道)다." 다석 유영모 선생님의 말씀


▶어?……어!
-비손 : "강이 에덴에서 흘러 나와 동산을 적시고, 거기서부터
갈라져 네 근원이 되었으니, 첫째의 이름은 비손이라, 금이 있는
하윌라 온 땅을 둘렀으며…"
〈창 2 : 10〜11〉


▶생 각 없는 나라
-엑스터시(ecstasy) : 1. a state of very strong feeling. esp.
of joy and happiness
2. 환각제, 마약 이름
-생각 : 순 한국어(한자어 아님)
-이 시의 제목 : inspired by 김용국, '생각의 나라'


▶영웅
-Keith Green 서거 20주년(1982년 사망)을 기념하며
-홈페이지 : www.lastdaysministries.org


▶영원한 잔치
-inspired by 최영미 '서른, 잔치는 끝났다'


▶내가 많은 나무
-inspired by 하덕규 '가시나무'

▶버려지고 또 버려지고
-inspired by 김춘수 '꽃'


▶고독 읽기 - 헨리 나우웬의 '고독'을 읽고서(서평을 대신
　　　　　　　　　　　　　　　하는 詩)


▶술래잡기
-세상에 있는 모든 혜영이에게


▶거짓말 2
-맨 앞 글자 세로로 읽어 볼 것!


▶일탈 행위
-가끔 삶에서 일탈을 꿈꾸는 386세대에게


▶예배
-이 시를 이해 못 하는 사람도 간혹 있는데, 정 이해 안 되면
개인적으로 연락바람


▶겨울 산을 다녀와서
-소요산에서 만난 나무들을 회상하며


▶매
-inspired by the sermon of Dr. Jonathan J. Bonk
(장신대 채플에서 들었던 설교 : 각색)

▶二心同體

-오늘도 그놈을 잡아 죽였다 아니, 죽은 건 나다

-inspired by 정호승 '첫눈이 가장 먼저 내리는 곳'


▶귀향

-inspired by 천상병 '귀천(歸天)'


▶行福

-폐인(廢人) : ①병으로 몸을 망친 사람

             ②남에게 버림받아 쓸모 없는 사람

-폐인(嬖人) : 남의 비위를 잘 맞추어 귀염을 받는 사람

-Pain : 1. suffering : great discomfort of the body or mind

        2. an esp. sharp feeling of suffering or discomfort

           in a particular part of the body

        3. a person, thing, or situation that makes one

           angry and tired, but is difficult to avoid


▶원래대로

-2002년 3월 21일, 그 날은 황사가 가장 심한 날이었다


▶시작은 끝이다

-과연, 여기서 '詩作은 끝'일까?

아니면 무한성 가운데 '時(라는 건 결국) 작은 끝'일까?

어쨌든 산다는 것은 잘 죽기 위한 과정

時作離叛**(시작이반)**

이재현(문학 박사 학위 중도 포기자)

어떤 이들은
내 시를 읽고
이건 시가 아니라고 말하지

온갖 조소와 비웃음

그래, 내가 쓰는 건
시가 아닌 말장난일지도
그러나
그게 대체 무슨 상관이란 말인가!

(오지훈, 〈시 작 이 반 이 다 !〉 중에서)


이처럼 그의 시작에도 자의식이 있다. 그러나 그는 깊이보다는 차라리 재미를 택했다. 고뇌보다는 차라리 장난을 택했다. 그런 그의 시를 보고 이건 시가 아니라고 말하는 이들이 있다면 그들은 어쩌면 파시스트들임에 분명하다. '깊이'란 이름의 개인용 진리, 그러나 실은 대량 소비품 파시즘들이 범람하는 이 시대에 차라리 깊이에 무지하기로 한 그는 오히려 더 진지한지 모른다. 장

난의 표지 밑에 갈피 끼워진 청춘의 버둥거림을 읽지 못하는 그
는 오히려 더 천박한지 모른다.

그렇다. 그의 시는 팔할이 장난이다. 시사 평론적으로 말하자면
이것은 시대에 대한 반항이니 모반이니 하는 것이기 전에 이 시
대 자체의 모습인지 모른다. 바야흐로 이 시대는 언어의 치밀한
축조를 꾀하는 이들에게 성경의 전도자를 따라 오히려 이렇게
물어야 할 때가 많다. "네가 무엇을 하느냐?"

지금도 수많은 사람들이 개인용 PC로, 인쇄기로 무수한 언어들
을 쌓아 놓고 있지만, 이 시대엔 그것들을 하나의 건축물로 지탱
해 줄 구심력이 부족하다. 바벨의 시대다. 이념도 이상도 초월도
문학도 다 해체되고 있다. 이러한 사태 가운데 탐구는, 혹은 항
거는 전 시대인의 눈에는 낯선, 매우 표피적이고 경박한 방식으
로 이루어진다. 포즈가 다르다. 여기에 '노!'라고 말하는 이가 강
론하는 깊이나 무게는 역시 하나의 포즈가 아니던가?

'다른 이라면 몰라도 크리스천이라면…'이라는 조건절을 다는 이
가 있다. 그러나 묻건대 세상에 범람하는 기호들에 그대가 진정
이름을 불러준 적이 몇 번인가? 그것들이 그대의 노트북에서 버
둥거리며 신음하지 않고 조화로이 안식하던 때가 언제인가? 이
제 섰다고 말하는 자여! 기호들이 다 이제까지 함께 탄식하며 종
노릇한 데서 해방되어 하나님의 자녀들의 영광의 자유에 이르는
것을 기다린다.

시인 오지훈은 잡혀 있던 기호들을 차라리 한 번 풀어주기로 했
다. 그리고 그들은 새로운 만남을 주선한다. 때로는 어설픈, 한
때뿐의 만남들이 되기도 한다.

그러나 그것을 웃는 자여, 시인은 어쩌면 그대가 애꿎게 볼모잡

아 놓은 言魚(언어)들을 한 번 놓아주고 싶어진 그대의 막내아들
인지 모른다. 어른들의 힘겨루기에 지쳐 뒤켠에서 혼자만의 놀이
를 발견한 이 시대의 막둥이인지 모른다. 자세히 살펴보면 공해
속에 그렇게 놀고 있는 그는 몸살을 앓고 있는지 모른다.

그의 시는 대개가 가볍고 그저 재미있지만, 때론 그 사이에서 찌
릿하게 가슴을 베는 고뇌의 날줄을 발견하게 된다. 장난스럽고
서툴지만 그가 던진 시어의 포석에는 가짜들의 연막 속에 진짜
를 찾고 싶은 도구가 숨어 있다.

때로 조직신학의 조직이 답답하고, 역사신학의 역사가 막막하고,
실천신학의 실천이 무의미할 때 나는 차라리 그의 시편을 꺼내
어 뒤적거려 본다.


어느 날
가설이 여전히 내리는 밤에


설마가
불신을 찾아
눈속을 헤매다 못 찾고
괴로워 너무 괴로워
약을 먹었다


그 약의 이름은
만藥

(〈그 섬에는〉 중에서)

※離叛(이반) : 人心(인심)이 떠나서 배반함. 떼어놓을 離(이), 배반할 叛(반)

트리나 폴러스
안애리 옮김

이 책은...

한 마리 작은 줄무늬 애벌레를 통해, 참다운 삶이란 과연 어떤 것인가를 가르쳐 주는 지침서이며, 절망과 좌절을 딛고 내일을 위해 굳건히 살아가는 모든 사람들을 위한 동화 형식의 이야기이다.

저자 자신도 책머리에, "이 이야기는 자신의 진실을 찾기 위하여 온갖 어려움을 겪어 온 한 마리 애벌레의 이야기입니다"라고 밝혔듯이, 저자는 비록 하찮은 애벌레 한 마리가 수많은 고난과 역경을 뚫고 한 마리의 나비로 우화(羽化)되기까지의 과정을 생동감 있고 적나라하게 펼쳐 보임으로써 우리에게 삶의 의미와 희망을 되돌아보면서 그것을 찾게 해 주고 있다.

출판사 서평

왜 지금 선영사에서 굳이 《꽃들에게 희망을》인가? 한때 우리나라에서도 베스트셀러로 자리매김한 이 책은 이제 서서히 우리의 기억 속에서 멀어져가고 있을 뿐만 아니라, 원본 영문판의 그림을 그대로 사용하면서, 마치 그것을 조금이라도 원본과 틀리면 큰일이라도 날 것같이, 절대 손 대어서는 안 되는 불문율인 양 생각되어지고 있는 실정이다. 그렇다면 왜 지금 선영사에서는 숱한 시간을 투자해 가며 굳이 올 컬러판으로 만들었는가?

이런 질문에 당당하게, 그리고 명쾌하게 대답하자면, 그것은 이 책이 이 세상에서 절대 잊혀져서도 안 되고 사라져서도 안 되는 명저이기 때문이다.

지금 이 세상은 온갖 불신과 비리, 알 수 없는 질병과 기아, 질투와 시기 등 이루 헤아릴 수 없을 만큼 부정적 언어들로 가득 채워져 있다. 그러나 판도라 상자에 갇혀 있는 오직 하나의 희망이 아직 남아 있기 때문에 인간은 그래도 이 세상을 살아갈 수 있다. 바로 이 책은 그 희망을 우리에게 보석보다 더 찬란히 보여주고 있다.

따라서 선영사에서는 모든 이들에게 더욱더 이 책에 다가서기 쉽도록 고심하여 다시 꾸몄다. 저희 손으로 또다시 희망을 불지피고 싶었던 마음이 앞섰기에 두 팔을 걷어붙이고 이 작업에 매달렸다. 한마디로 저희 손으로 이 책을 새롭게 화장을 하여 세상에 내놓아, 모든 이들에게 희망을 주고 싶었기 때문이었다. 특히 절망과 좌절에서 신음하시는 분들이나 방황하시는 분들을 이 책을 보시고 용기를 가졌으면 하는 바람이다.

이 책의 전체 컬러 작업에서 원작에 손상을 주지 않으면서도 그 느낌 그대로 전달 할 수 있는지가 크나큰 문제였다. 그래서 컴퓨터 그림 작업의 시간이 꼬박 반 년 이상 걸렸다. 이제 저희는 독자 여러분들께 그 판단을 받고자 한다. 새 천년에 새로 태어난 《꽃들에게 희망을》이다. '새 술은 새 부대'에, 새 시대에는 새로운 책이 필요하다.

정성을 다 한 책이 대접을 받는 세상을 만들고 싶다. 그것이 바로 선영사의 마음이기도 하다.


꽃들에게 희망을 관련 웹 사이트
오리지날 웹 사이트 http://www.hopefortheflowers.com/

# 왼손잡이의 환희

1판 1쇄 발행／2002년 10월 20일
1판 2쇄 발행／2003년 2월 20일
지은이／오지훈
펴낸곳／도서출판 선영사
서울시 마포구 성산동 254-10 2층
TEL／(02)338-8231, (02)338-8232　FAX／(02)338-8233
E-MALE　sunyoungsa@hanmail.net
WEB SITE　sunyoungsa.com
펴낸이／김영길
편집 주간／장상태
제작1팀장／김범석
책 편집·디자인／김용원
표지·재킷／선영 디자인(SUNYOUNG DESIGN)
등록／1983년 6월29일 제 카1-51호



· 잘못된 책은 바꾸어 드립니다.
· 홈페이지를 이용하시면 선영출판사에 관한 모든 정보를 보실
　수 있습니다.
· 본사는 통신판매를 실시하고 있습니다. 전화, FAX, 우편,
　E-MAIL로 주문하시면 우송료를 본사가 부담하여 등기로 보내
　드리겠습니다.